Papi-Loup   Mamie-Loup   Papa-Loup   Maman-Loup

Wouf

Doudou   Mini-Pic   Mini-Loup   Anicet   Dilou

Merci à Rébecca Staehling

MINI-LOUP

à l'hôpital

Philippe Matter

hachette
JEUNESSE

« Aïe ! Ouille ! J'ai mal ! Mamaaan ! » Alors qu'il joue
tranquillement au jardin avec ses amis Anicet et Mini-Pic,
Mini-Loup se met soudain à crier en se tenant le ventre.

   « Ouille ! J'ai très très mal ! Beaucoup plus mal que toutes
les fois où j'ai déjà eu mal ! » gémit le pauvre Mini-Loup.

   Affolé, Mini-Pic va chercher du renfort. Papa-Loup arrive
en courant tandis que Maman-Loup se précipite à la fenêtre.

Heureusement, le docteur Lérot n'habite pas loin.
Il se rend aussitôt à la maison de la famille Loup et ausculte
le petit malade.

« C'est probablement une appendicite, dit-il. Il faut
le conduire à l'hôpital.

— Une Lapin d'Icite ? hurle Mini-Loup terrifié.
Avec un nom pareil, c'est sûrement très très grave ! »

Maman-Loup est un peu anxieuse, mais elle fait de son mieux pour calmer son fiston.

« Ne t'inquiète pas, ce n'est pas grave. C'est seulement quelque chose que l'on a dans le ventre, et quand ça s'infecte, il faut juste l'enlever. Tout se passera bien ! »

Pendant que Papa-Loup téléphone à l'hôpital, le bon docteur Lérot pose une poche de glace sur le ventre de Mini-Loup pour qu'il ait moins mal.

Tululut ! Tululut ! Voilà déjà l'ambulance qui se gare devant la maison de Mini-Loup. Avec douceur, les ambulanciers installent Mini-Loup sur la civière qu'ils s'empressent de faire glisser dans le véhicule.

« N'aie pas peur, mon petit ! Nous venons avec toi… » murmure Maman-Loup.

« Quelle aventure ! » songent Mini-Pic et Anicet en regardant l'ambulance s'éloigner.

A l'hôpital, Françoise, une très gentille infirmière, accueille
Mini-Loup et ses parents.

Elle leur pose plein de questions dont elle note les réponses
sur son grand cahier tandis que Dédé, le chirurgien, rassure
le petit malade.

« On va d'abord t'examiner, puis je t'opérerai et,
dans huit jours, tu auras oublié toutes tes petites misères ! »
promet-il.

« Si seulement huit jours c'était tout de suite ! » songe
Mini-Loup.

« Ne respire plus… Clic ! Clac ! Respire…
Parole de radiologue, dit Bernard, tu as le plus joli squelette
du monde !

— C'est moi cet affreux portemanteau ? » s'écrie Mini-Loup
effaré en voyant sa radio.

Après les radios, température et tension !

« C'est pour vérifier que tout fonctionne bien dans ton
corps… » explique Françoise, l'infirmière.

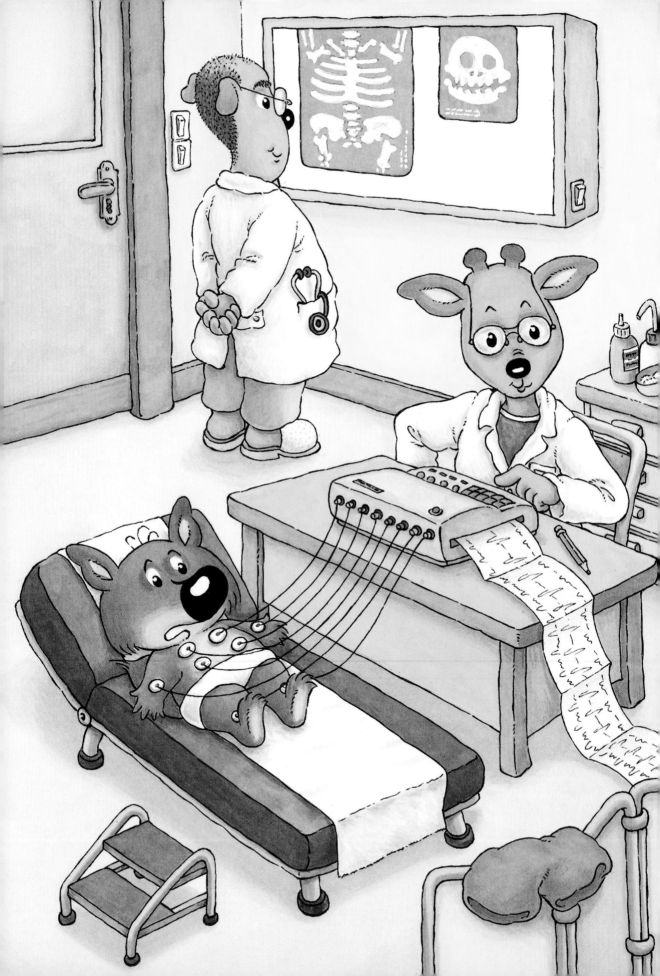

Quand c'est fini, ça recommence ! Dans une autre salle,
on colle plein de pastilles sur le ventre, les bras et les jambes
de Mini-Loup.

« Est-ce que c'est un détecteur de mensonges ?
demande-t-il avec inquiétude.

— Tu regardes trop la télé ! répond Olivier, le cardiologue.
C'est seulement pour enregistrer les battements de ton cœur.

— Si la machine n'inscrit rien, c'est une menteuse !
gémit Mini-Loup. C'est comme si j'avais avalé un tambour
géant…

« Oh non ! supplie-t-il en voyant approcher Françoise. Pas la
piqûre !

— Allons, lui dit l'infirmière, je t'assure que tu ne sentiras
presque rien, c'est juste pour te détendre avant l'opération. »

Allongé sur la table d'opération, Mini-Loup se retient pour ne pas pleurer, il a vraiment très peur.

« Jacques, l'anesthésiste, va t'endormir, explique le chirurgien Dédé. Tu ne sentiras rien du tout et à ton réveil, tu auras l'impression que rien ne s'est passé.

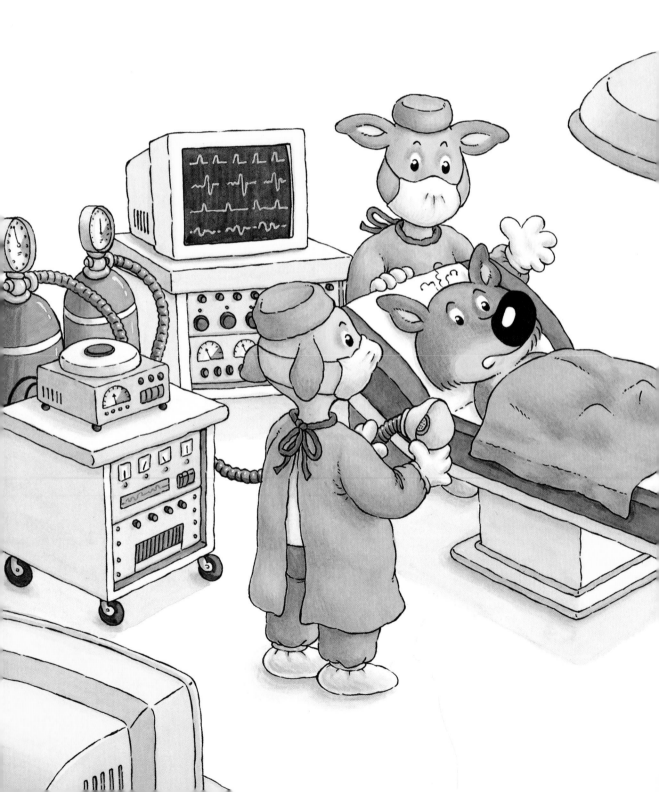

— Allez, maintenant, on compte jusqu'à trois », dit Jacques en plaçant un masque sur la truffe de Mini-Loup.

Mini-Loup dit « Un ». Mini-Loup dit « Deux ». Mais à Trois, Mini-Loup ne dit plus rien du tout. Il s'est bel et bien endormi.

Deux heures plus tard, Mini-Loup quitte la salle de réveil. Il se sent comme sur un nuage.

« Est-ce qu'on va bientôt m'opérer ? demande-t-il.

— Mais c'est déjà fait ! lui dit Maman-Loup en souriant tendrement. Tu vas te reposer quelques jours ici, et ensuite nous te ramènerons à la maison… »

Le soir venu, Papa-Loup et Maman-Loup rentrent à la maison
après avoir promis à Mini-Loup d'être là le lendemain
à la première heure.

Mais Mini-Loup n'est pas tout seul, ses camarades de chambre
lui racontent pourquoi ils sont là :

« Moi, je suis tombé sur la tête… dit Didi le lapin.

— Et moi, je me suis cassé la patte en glissant d'un mur, fait le lézard Slim.

— Moi, j'ai mangé trop d'eucalyptus, raconte Tong le panda. J'ai des boutons partout !

— Moi, j'avais mal au ventre et maintenant, c'est fini ! » explique Mini-Loup soulagé.

Après quatre jours, Mini-Loup se sent comme chez lui. Il connaît tout le monde et s'amuse comme un fou.

Quand il rigole, il a un peu mal au ventre, mais quand il s'agit d'avaler les bonnes frites de Margot, la cuisinière, il n'a plus mal du tout, surtout après n'avoir mangé que des potages et de la compote pendant trois jours.

Aujourd'hui, justement c'est mercredi et il y a double ration de frites pour tout le monde !

« Pour Margot, hip! hip! hip! » s'écrie le gourmand en pleine forme.

Dédé le chirurgien avait raison. Huit jours ont passé
et Mini-Loup est guéri. Ses parents sont venus le chercher
et tous ses amis se rassemblent aux fenêtres et sur le perron
de l'hôpital.

« Je reviendrai vous voir bientôt ! leur crie Mini-Loup.
— Avec des chocolats ! demande Didi le lapin.
— Et des bonbons à l'eucalyptus ! ajoute Tong le panda.
— D'accord ! D'accord ! » promet Mini-Loup un peu ému.

Evidemment, dès qu'Anicet et Mini-Pic retrouvent leur ami, la première chose qu'ils lui demandent, c'est de leur montrer sa cicatrice.

Et Mini-Loup n'est pas peu fier d'exhiber ses points de suture.

« Et ça t'a fait mal ? Et est-ce que tu as eu peur ? demandent les deux amis.

— Mal ? Oui, un peu, mais je n'ai pas du tout eu peur ! » répond Mini-Loup.

Sacré vantard !

RETROUVE LES COLORIAGES
MINI-LOUP
SUR JEDESSINE.COM

▶ **Des jeux, des vidéos, des concours...**

▶ **Rencontre de nouveaux amis tous les jours !**

▶ **Reçois des commentaires des autres membres de Jedessine !**

WWW.JEDESSINE.COM
Le site des enfants qui aiment s'amuser en toute sécurité

Édité par Hachette Livre – 43 quai de Grenelle, 75905 Paris Cedex 15
Imprimé par l'imprimerie Pollina, Luçon en France - L60200
Achevé d'imprimer en mars 2012

ISBN : 978-2-01-223762-9 – Édition 15
Dépôt légal : février 1998
Loi n° 49-956 du 16 juillet 1949 sur les publications destinées à la jeunesse

Mlle Biglu

Gus Eliot Louna

Maxou Baudouin Raphaëlle Muche